Las crepes de Mama Panya

Nos gustaría dedicar este libro a
Ben Rerucha y George Pinkham, responsables de nuestro amor por los cuentos cuando éramos pequeños;
y también a Lisle Wild y Wacky Writers, así como a Monday SCBWI Group,
por todo su aprecio y apoyo — M. & R. C.

Para mi padre y Margaret,
y para Lily, Annabel y George, con amor — J. C.

Barefoot Books
2067 Massachusetts Ave
Cambridge, MA 02140

Publicado por primera vez en los Estados Unidos de América por Barefoot Books, Inc. en 2005
Esta edición en español se publicó en 2016

Diseño gráfico de Louise Millar, Londres
Separación de colores por Grafiscan, Verona
Impreso en China en papel 100 por ciento libre de ácido

La composición tipográfica de este libro se realizó en Legacy
Las ilustraciones se prepararon en acuarela

ISBN 978-1-78285-072-4

Información de la catalogación de la Biblioteca del Congreso
se encuentra en LCCN 2013030329

Traducido por Fina Marfà

1 3 5 7 9 8 6 4 2

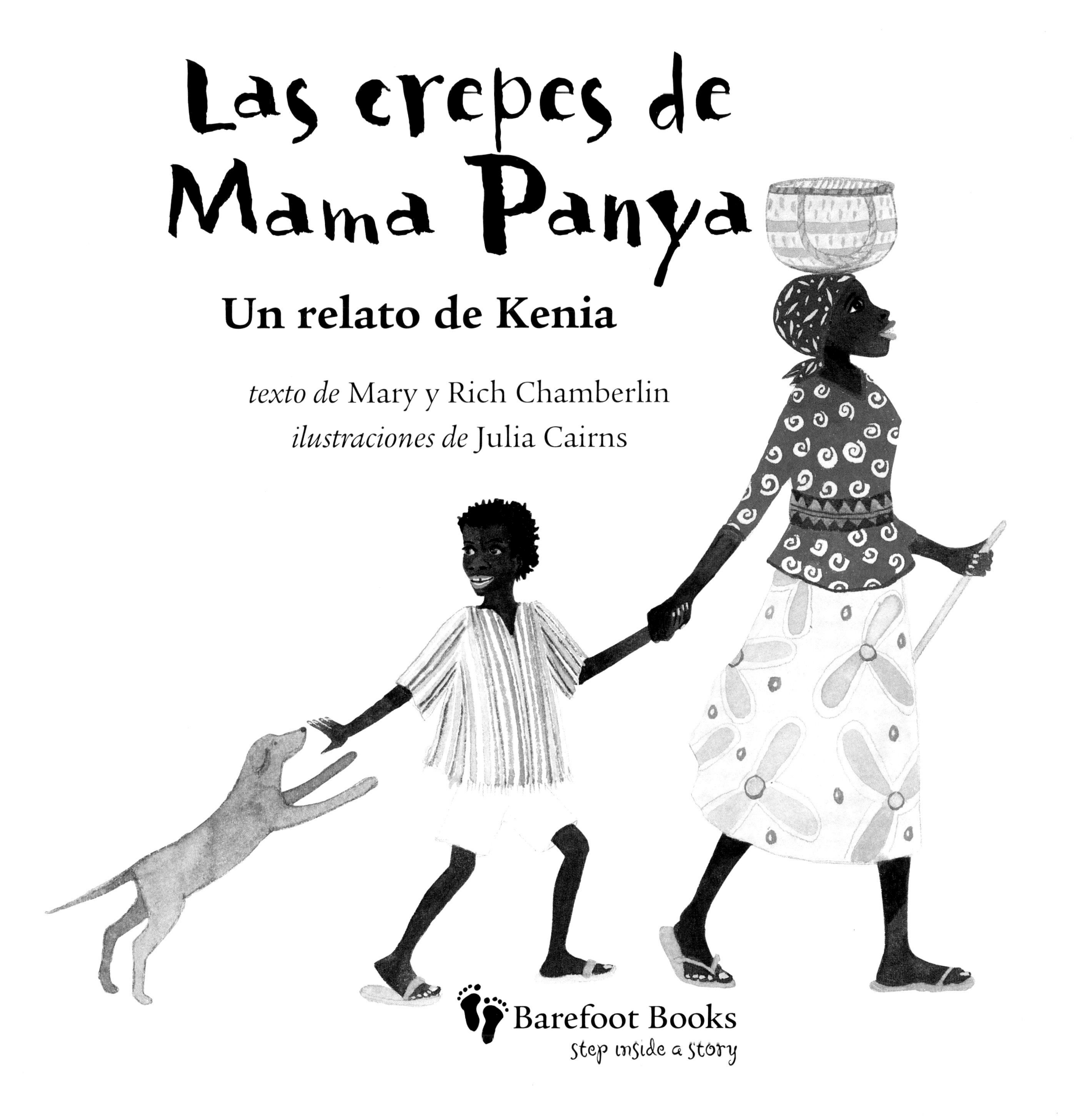

Las crepes de Mama Panya

Un relato de Kenia

texto de Mary y Rich Chamberlin
ilustraciones de Julia Cairns

Barefoot Books
step inside a story

Mama Panya cantaba mientras apagaba el fuego del desayuno tirándole arena por encima con su pie descalzo.

—Adika, vamos, espabila —le dijo alegremente—. Hoy tenemos que ir al mercado.

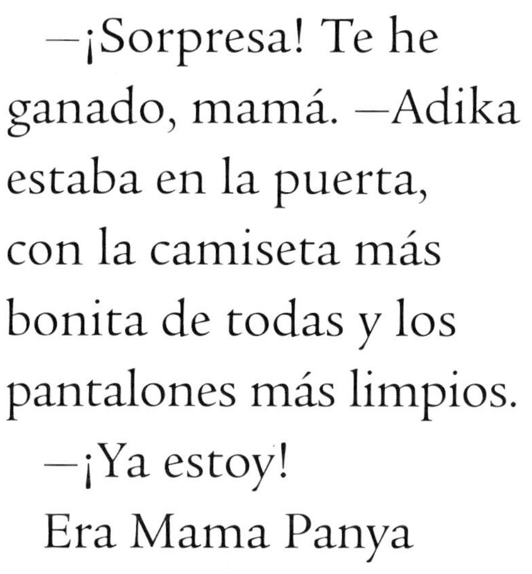

—¡Sorpresa! Te he ganado, mamá. —Adika estaba en la puerta, con la camiseta más bonita de todas y los pantalones más limpios.

—¡Ya estoy!

Era Mama Panya la que tenía que darse prisa.

Después de guardar las cazuelas, agarrar el bolso y ponerse las sandalias, Mama Panya dijo:

—Yo también estoy lista, Adika. ¿Dónde te has metido?

—Estoy aquí, mamá, te he ganado.

Adika estaba sentado debajo del baobab, con el bastón de Mama Panya en la mano.

—Ah, ya te veo.

Mama Panya agarró el bastón y juntos se dirigieron al mercado.

—¿Qué piensas comprar, mamá?

—Un poco de esto y un poquito más de lo otro.

—Mamá, ¿hoy harás crepes?

—Eres más listo que una comadreja. ¡No hay manera de sorprenderte!

—¡Imposible! ¿Cuántas harás?

Mama Panya tocó con los dedos las dos monedas envueltas en el pañuelo que llevaba en la cintura.

—Unas pocas y unas poquitas más.

Tras un recodo del camino, vieron a Mzee Odolo sentado a la orilla del río.

—¿Habari za asubuhi? —le preguntó la madre en voz baja para no asustar a los peces, pero Adika dijo a toda voz:

—Esta noche haremos crepes. ¡Venga, si gusta!

—Adika —le dijo Mama Panya al oído.
Mzee Odolo se despidió con la mano y dijo: "Asante sana, iré".
Mama Panya aceleró el paso.
—Teníamos que invitarlo —dijo Adika—. Es nuestro más viejo amigo.
—Venga, espabila, que te has quedado atrás —le contestó Mama Panya.

—Mira, mamá, son Sawandi y Naiman.

Los amigos de Adika daban golpes con varas a las vacas para que caminaran.

—Te adelanto, mamá.

—¡Espera, Adika! —le dijo su madre.

Mama Panya no había avanzado mucho cuando Adika volvió a su lado.

—Están muy contentos de venir —dijo Adika jadeando.

Mama Panya frunció el ceño pensando en las monedas que llevaba en el pañuelo.

—¡Oh! ¿Cuántos seremos?

—A ver, Sawandi, Naiman, tú y yo —contó Adika—. Y con Mzee Odolo somos cinco.

—¡Ayyy! ¿Cuántas crepes crees que podré hacer hoy, hijo?

—Te adelanto, mamá. Unas pocas y unas poquitas más. Serán suficientes.

En el mercado había muchas personas comprando y vendiendo fruta, especias y verduras. Adika se encontró con una amiga de la escuela, Gamila, en su puesto de plátanos.

—Mamá, las crepes son su plato preferido.

—Eh, eh . . . no querrás que . . .

Pero antes de poder acabar, Adika ya había ido a saludarla. La madre intentó retenerlo, pero solo llegó a tiempo de oír:

—¿Verdad que vendrás?

—Claro —respondió Gamila.

Mama Panya clavó la mirada en Adika y luego lo agarró de la mano y se lo llevó dándole un tirón.

—Mamá, podemos estirar la masa.

—Ay, hijo, ¿cuánto crees que podremos estirarla?

Adika hizo un gesto con la mano.

—Un poco y un poquito más.

En el puesto de harina, Mama Panya dijo:

—Adika, siéntate aquí.

Después de saludar a Bibi y a Bwana Zawenna, Mama Panya les preguntó:

—¿Para cuánto me alcanza el dinero?

Y alargó la más grande de las dos monedas a Bibi Zawenna, que vertió una taza de harina en un trozo de papel marrón.

Adika dijo de repente:

—Mamá hoy hará crepes. ¿Vienen?

—Sí. ¡Qué bien! Me parece que por el mismo precio les podemos dar un poco más.

Y Bwana Zawenna añadió otra taza de harina al papel, y después lo ató con un cordel.

—Nos veremos esta noche.

Mama Panya guardó el paquete de harina.

—¡Ay, señor! Tendremos suerte tú y yo si logramos comernos una crepe entre los dos.

—Pero, mamá, si tenemos un poco y un poquito más.

—Ven, Adika, no te separes de mí. Nos queda lo justo para comprar un pimiento picante.

—Yo, mamá, yo escogeré uno bien bonito.

—¡No, Adika! —exclamó la madre, pero Adika ya estaba en el puesto de especias de Rafiki Kaya. Mama Panya llegó justo a tiempo de oír:

—Esta noche mamá hará crepes. ¿Puedes venir?

—¡Me encantaría! —exclamó Kaya, y tomó la moneda de la mano de Mama Panya y en su lugar puso el pimiento más regordete de todos—. ¡Es justo lo que vale! Gracias por invitarme.

Mama Panya dio un suspiro.

Se dirigeron a casa.

—¿A cuántas personas hemos invitado a comer crepes esta noche?

Adika, que como siempre se había adelantado, respondió alegremente:

—A todos nuestros amigos, mamá.

Mama Panya hizo una pila de ramas y maderas en el hoyo de la hoguera. Adika corrió a buscar un cubo de agua. La madre trituró el pimiento picante en una cazuela mientras Adika echaba en ella un poco de agua. Le añadieron toda la harina, revolvieron bien y se dieron cuenta de que no les sobraría ni pizca. Mama Panya echó un chorrito en la sartén que había puesto a calentar al fuego.

Sawandi y Naiman fueron los primeros en llegar y dijeron: "¡Hodi!".

Adika contestó "Karibu" para darles la bienvenida. Los niños llevaban un par de calabazas llenas de leche y un recipiente con mantequilla.

—Mama Panya, nos ha sobrado de nuestras vacas.

Mzee Odolo no tardó en llegar.

—Hoy el viejo río nos ha regalado tres pescados.

Después llegó Gamila con un racimo de plátanos en la cabeza:

—Van muy bien con las crepes.

Bibi y Bwana Zawenna trajeron otra bolsa de harina y se la dieron a Adika:

—Guárdala para otra ocasión.

Rafiki Kaya llegó con puñados de sal y de cardamomos, y también con su mbira.

Y la fiesta empezó con todo el mundo sentado bajo el baobab y dispuesto a comerse las crepes que había preparado Mama Panya.

Después, Kaya tocó la mbira y Mzee Odolo cantó, aunque a decir verdad desafinaba un poco.

Adika dio un suspiro, con los ojos brillantes y una sonrisa en la cara:

—Sé que muy pronto volverás a hacer crepes, mamá.

Mama Panya sonrió:

—Sí, Adika, tú siempre lo sabes todo por adelantado.

La vida en los pueblos de Kenia

Población

La población de Kenia es muy diversa. La mayoría de sus habitantes son africanos negros. También los hay asiáticos, europeos y de otros lugares. En Kenia muchas personas, como Adika y Mama Panya, viven en zonas rurales.

La vida rural

La mayoría de las personas que viven en los pueblos se dedica a cultivar la tierra y a cuidar vacas, cabras y gallinas. También hay gente que trabaja en plantaciones de té o de café. Cuando terminan el trabajo, al final del día, suelen narrar historias bajo las estrellas y escuchar la música de la mbira.

La escuela

Los niños y las niñas van a la escuela, al igual que Adika, pero a menudo tienen que hacer largas caminatas para llegar. Muy pocas familias kenianas tienen auto y además son escasas las carreteras asfaltadas. En muchos pueblos el gobierno no ha construido escuelas, y entonces es la gente la que organiza las clases. Lo llaman *harambi*, que significa "trabaja codo a codo".

Después de ir a la escuela

Cuando los niños no van a la escuela, los mayores ayudan en las tareas de la casa, van a buscar leña y cuidan de los hermanos pequeños. También tienen tiempo para jugar: el bao, un juego de estrategia africano que se juega sobre un tablero y el fútbol son juegos muy populares, y también lo son las carreras.

Vamos al mercado

De camino al mercado, Adika y su madre ven muchos animales, insectos, reptiles, y también plantas. Estos son algunos ejemplos:

Agama común o lagarto de fuego – mjusi
Los machos tienen la cabeza de un bonito color rojo, y el cuerpo, azul. Les gusta mucho elevar y bajar el cuerpo como si hicieran flexiones.

Acacia – muwati
También llamado árbol de los pinchos. Las jirafas se alimentan de las hojas de este árbol, a cuyo alrededor crecen muchas espinas.

Baobab – mbuyu
Es un árbol enorme, también llamado árbol de la vida, pues en su interior almacena mucha agua. Aunque sus ramas parezcan raíces, no está boca abajo.

Mariposa – kipepeo
En Kenia hay muchos tipos de mariposas. Hay unas, los macaones, que son las más grandes del mundo: con las alas extendidas pueden medir hasta 23 centímetros.

Cabra – mbuzi
Es la cabra más pequeña de África oriental y se encuentra por toda Kenia. Estas cabras pueden sobrevivir en tierras prácticamente estériles y aun así dan mucha leche.

Vacas masai – mmasai ng'ombe
Muchas tribus de Kenia miden su riqueza según la cantidad de vacas que tienen. Estas vacas se crían sobre todo por la leche.

Mangosta – nguchiro
Estas criaturas parecidas a las comadrejas viven en grandes familias y se alimentan de roedores, pájaros y hasta de serpientes. Aunque son parientes de las hienas, son muy amistosas y a veces se tienen como mascota.

Palmeras – mivumo
En Kenia hay muchas especies de palmeras. Los dátiles, las hojas y la corteza se utilizan en infinidad de productos como, por ejemplo, jabones, cuerdas y materiales para hacer techos.

Tilapia – ngege
La tilapia puede vivir en condiciones muy adversas, como es el agua cálida, salada y alcalina del lago Nakuru.

La lengua kiswahili

Los kenianos hablan muchas lenguas, pero las principales son el kiswahili y el inglés. Swahili es el nombre dado a la población, también conocida como waswahili, que vive en las costas orientales de África, desde Somalia hasta Mozambique. La palabra *swahili* significa literalmente "población costera" y *kiswahili* quiere decir "el que habla la lengua de los pueblos costeros". El kiswahili es una mezcla de bantú, una lengua nativa africana, y de árabe. En un pueblo como el de Adika, las personas pueden llegar a hablar tres lenguas: la lengua local, kiswahili e inglés. Cuando las personas se encuentran por la calle, es costumbre saludarse y se considera de mala educación no hacerlo correctamente. La manera más común de saludar a los visitantes es con un saludo breve, "jambo", que significa "hola".

Palabras de cortesía en kiswahili

 **Asante sana** – gracias

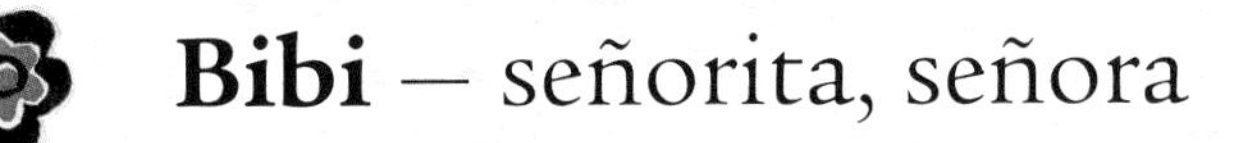 **Bibi** – señorita, señora

 **Bwana** – señor

 **¿Habari za asubuhi?** – ¿Sin novedad esta mañana?

 **Hodi** – saludo habitual cuando vamos a casa de un vecino

 **Karibu** – bienvenidos

 **Mama** – tratamiento respetuoso para una mujer

 **Mzee** – tratamiento respetuoso para un hombre

 **Rafiki** – amigo

El país de Kenia

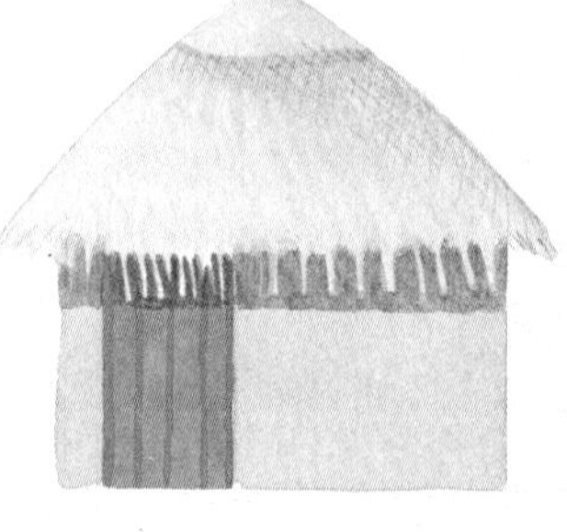

Ecuador cabría dentro de Kenia y no sobraría mucho espacio.

Si quisiéramos cruzar Kenia a pie, desde el lago Victoria hasta el océano Índico, tendríamos que dar un millón de pasos.

El valle del Rift, una de las formaciones geológicas más espectaculares de la Tierra, atraviesa Kenia de un extremo a otro. Se trata de una fractura geológica que acabará por separar África oriental, que se convertirá en una isla.

El monte de Kenia es la segunda montaña más alta de África. Aunque se encuentra en el ecuador, siempre está cubierta de nieve.

El lago Victoria, que se halla en la frontera occidental, es el tercer lago más grande del mundo. Forma parte del Nilo Blanco. El lago más grande de Kenia es el Turkana, que está al norte del país.

Nairobi es la capital de Kenia. Los pastores de vacas que llevaban a pastar a los animales por estas tierras, la llamaban *enkara nyarobe*, que significa “país del agua fresca”.

El puerto de Mombasa, el más importante del país, fue creado por los comerciantes árabes hace unos mil años. Es el principal punto de comunicación del país con el resto del mundo.

Las reservas naturales de Kenia, en las que habitan algunas especies de animales en peligro de extinción, tienen protegidos sus límites. La reserva más grande es el parque de Tsavo, mientras que el de Maasai Mara es uno de los más visitados por los turistas.

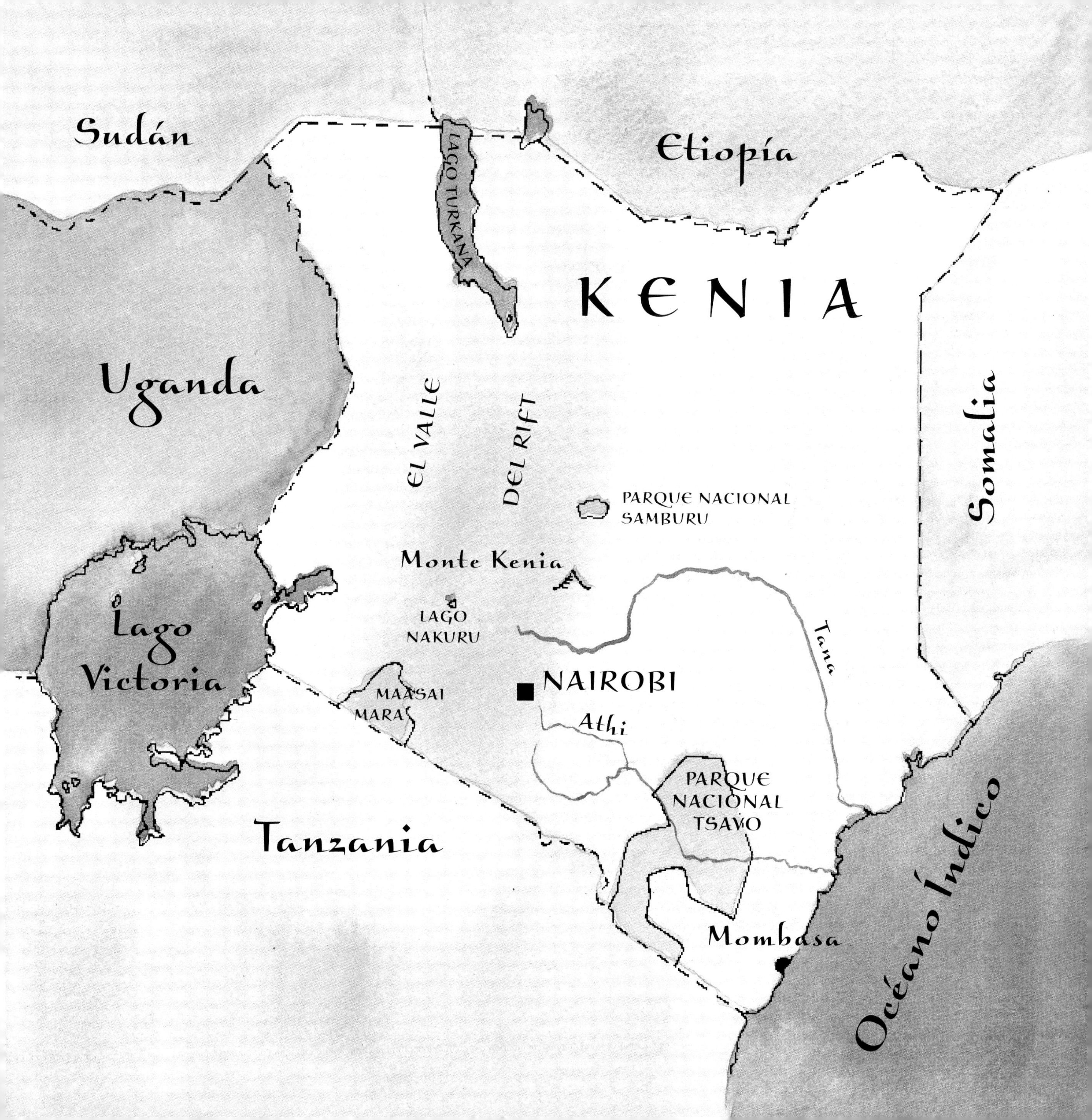

Sudán
Etiopía
LAGO TURKANA
KENIA
Uganda
EL VALLE
DEL RIFT
Somalia
PARQUE NACIONAL
SAMBURU
Monte Kenia
LAGO
NAKURU
Lago
Victoria
Tana
NAIROBI
MAASAI
MARA
Athi
PARQUE
NACIONAL
TSAVO
Tanzania
Mombasa
Océano Índico

Las crepes de Mama Panya

Las crepes se comen en el mundo entero, aunque tienen nombres diferentes según los países. Estos son algunos ejemplos: en Escocia, bannocks; en India, chapatis; en Francia, crêpes; en China, bao bing; en Rusia, blinis; en Indonesia, dadar gutung; en Egipto, qata'if; en Chile, arepas; en México, tortillas.

Muchos kenianos rellenan las crepes con diferentes ingredientes. ¿Te gustaría probar las crepes de Mama Panya? A continuación te damos su receta para que las puedas hacer en casa:

Ingredientes (para hacer unas seis crepes)
1 1/4 tazas de harina de trigo
2 tazas de agua fría
1/3 taza de aceite de girasol
1/2 cucharadita de sal
1/2 cucharadita de cardamomo
(si no tienes, puedes poner nuez moscada)
1/2 cucharadita de pimiento rojo picante, bien triturado

Instrucciones

Mezcla todos los ingredientes con un tenedor en un recipiente grande.

Calienta una sartén, de las que no se pegan (no hace falta que le pongas aceite), a fuego medio o bajo.

Llena una cuarta parte de una taza con la crema que has preparado y viértela en el centro de la sartén. Cuando se formen pequeñas burbujas en la crepe, dale la vuelta. Cuando veas que se empieza a hinchar, ya puedes sacarla de la sartén y ponerla en una bandeja.

Sugerencias para comer las crepes

Puedes rellenar las crepes con mermelada, si te gustan dulces, o con atún o queso, si las prefieres saladas. La verdad es que con cualquier cosa quedan muy ricas. Enróllalas bien y ¡a comer!